KB192561

물끄러미

물끄러미

김명옥 시집

제3시집

세인출판
SEINbooks

들어가는 말

축제 떠난 광장에
텅 빈 발자국들을

멀어져 가는
상처 하나
젖은 눈으로 돌아보는 것을

모지랑붓이
남은 말을 삼키는 것을

말 밖에서
문 밖에서

물끄러미 지켜보는 것

늦가을에
내 詩가
하는 일입니다.

- 2022년 늦가을에

| 차례 |

1부 끈

2부 반달

3부 물꽃

4부 글쎄요

5부 물끄러미

6부 수국이 수굿이

제1부

끈

끈 | 풀벌레 울다 | 저녁을 버무리다 | 詩의 집 | 집 | 독거 1 | 독거 2 | 고독 | 뒷등 | 그믐달 | 강가에서 | 요양원의 저녁 | 휴지 너도 비단 꽃 | 낙엽

끈

아랫집에
주인이 바뀌었다
소나무 그늘 밑에 개집도 사라졌다
댕기 물린 바람과 뛰어다니며
발목이 굵어진
목청이 짙푸른 개도 없어졌다
나무 발치에 단단히 묶인 끈만 남겨둔 채
개와 나무 사이에서
밀당 밀당 춤추던
짱짱한 시절은 바닥에 축 늘어졌다
하루아침에
따뜻한 목덜미를 잃어버린 끈을 내려다보며
소나무는 아무 말이 없다
그 자리에서 반백 년
알게 모르게 머물다 간 목숨들이
먼지로 바람으로 떠돌다
빗줄기로 쏟아질 때 뼛속까지 후련하게
컹컹
울려는 게다

한끝이 바닥으로 내박쳐진
끈을 타고
개미들이 기어오른다
울음도
끈도
부푸는 중이다

풀벌레 울다

바스락거리며
말라가는 찔레 덤불에서
끊일 듯 이어지는
텅 빈 저 소리
나선으로 길게 풀려나온다
허공 어디로 놓아 보내는 전언인가
손을 휘저어 한 마디 건져
가슴에 넣어본다
누구에게 보내는 선율인가
가을이 깊어가니 어서 오라는 것인가
좀작살나무 열매가 다 떨어졌으니
그냥 가라는 것인가
소리의 결 올올이 헤쳐봐도
알 수가 없다
한 잎 남은 시간을 베고
잠든 구절초 흔들어 물어볼까
아서라
손 털고 떠나는 것들이 부르는 막바지의 노래
잃어버린 더듬이 쪽으로

안타까이 뻗는 가락이면 됐다

한 생 한 굽이 힘껏 살다 가노라는
끝 소절에 이르면
웃고 있어도 눈가에 이슬이 맺힌다

저녁을 버무리다

밭이랑에
우북하게
올라온 저녁을 솎아
흐르는 눈물에 씻으니
실하게 한 양푼이다

갓 버무린 저녁을 가운데 두고
빙 둘러앉아 먹는다는 것은
밥상을 향해 걸어온
물집 잡힌 발가락들
서로 만져 보는 일
그것이 수저 들지 않아도
배부른 저녁인 것을

마주 앉은 사람아
이마가 닿을 듯한 거리가
십 리 밖이라니
부디 아프게 손에 쥔
돌멩이 내려놓고

난생처음인 듯 아니 마지막인 듯
달게 저녁을 드시라

유리 조각을 쥐었다가
상처 난
내 손이 아물어 가고 있으니
젖어 드는 눈가에
꽃 한 송이 피고 있으니

詩의 집

詩만 들어와 살라고
책꽂이 한 칸 떼어
벽치고 문틀 달아 창가에 걸었다
봄이 다 가도록 詩는 안 들어오고
새들만 깃든다

내가 흘린 막막하고 쓸모없고 비루한
말을 쪼아 먹으면서
새는
알 대신 날개만 낳는다
홰를 치는 날개들로 꽉 찬 그 집이 울고 있다
어두운 이마 처진 입꼬리
겨울 속에서 물리도록 본 얼굴이다

눈물을 닦던 손으로
지붕을 뜯어냈다
속에서 들끓던 행과 연들이 뛰쳐나온다
새를 벗은 詩들이
대오를 이루며 날개를 편다

후련히 날아올라 빌딩들 사이로
나무들 사이로 사람들 사이로 붐빈다

세상이
다
시의 집이다

지붕 없이 앉아있던 나도
창을 퍼덕거리며 날아오른다

집

싼다와 지린다 사이에
문이 몇 개나 있는지
문고리를 잡은 손이 울상인지 아닌지
밀어야 하는지 당겨야 하는지
묻고 싶을 때 귀를 기울여봐
일상의 괄약근에 고무줄이 빠진 송탄 이모
지난밤에 또 보따리를 올망졸망 싸놓고
뭔 집에를 가야 한다고 당장 간다고 생떼를 썼다는데
봇짐 새로 삐져나온 속곳 가랑이
뭐가 마려운지 방바닥을 쥐었다 폈다 했다는데
날깃한 막바지까지 오십 년도 넘게 살아온
제집이 왜 집이 아닌지
맵짜던 살림 솜씨며 날아갈 듯한 옷맵시는 어디다 던져 버리고
망각의 입구 울울한 탱자나무 아래
쭈그리고 앉아 오물을 처바르는 그녀
점점 무너져
지붕은 지붕대로 벽은 벽대로

오랜 몸을 버리고
풀의 집으로
풀- 푸울 애맨소리 지리며
걸어갈 모양인데
이 지경을 두 글자로 요약해 쓰라는
요양원 입원 서류 앞에서
코 빠뜨리고 서 있는 딸년들
대체
이게 말이나 되는 거냐고

독거 1

검정 비닐 봉다리
배고픈 냄비 찾아가는 길
걸음이 빨라지자
봉다리 속 고기 반 근도
헛기침 잦아진다
폐지와 바꾼
돼지 앞다릿살과 소주 한 병
반지하에서 올라오던 층계와
부딪는 바람에
나동그라지고
쓰러진 봉다리 바닥에서 떨고 있는 동안
구급차 왔다 간다
지상의 창문들
떡 벌어진 저녁상 받는지
구급차 경보음
골목을 통째로 떠메고 가도
꿈쩍도 안 한다
검정 봉다리
바람의 발길질에 옆구리 푹 꺼지고

뿔 난 적막은
허기진 아가리로
반지하 방 하나를 꿀꺽 삼켜버린다

독거 2

빈 주스 병 하나
등구나무 아래
아무렇게나
뒹구네

목젖까지
차올랐던 시간
다 퍼 주고는
뼈 마디마디 텅 비었네

휘휘 둘러봐도
붐비는 건 바람뿐
이제부터
여생은
바람의 집이라네

깔깔한 바람 몇 수저
가까스로 삼키네

고독

닫힌 지 오랜
문틈으로
기어 나오는
냄새의 저 넝쿨
풀 한 포기 없는
아파트 난간
여기저기로 팔을 뻗는다
소멸의 기미
슬쩍슬쩍 흘리며
부패 중인 1004호를 위하여
'미소지음' 아파트는
미소를 쓴웃음으로 바꾼다
진입로 등진 묵밭 쪽으로
방향을 튼
메스꺼운 저 냄새의 안쪽에는
아무도
누구도
궁금해하지 않는
외딴 슬픔이 산다

뒷등

구멍 숭숭 난
노을 깔고 앉아
노옹
씨앗을 고른다
쭈그러진 것, 깨진 것
가려내자니
버리자니
말년이 아프다
밭이랑 논두둑 김매던 호미도
다
아프다
자식 농사
엎어 먹고
씨앗 종다래끼에
얼굴을 묻은 노인
쭈그렁 가슴팍
홀로 남은 다랑이
눈물로 심은 씨앗 하나
움이 틀까?

지극한
등허리
뫼등이다

그믐달

아침마다
기저귀를 갈아야 하는 여자
비닐장갑 낀 손이 아랫도리를
건드릴 때까지
고요한 무덤이다

장갑 낀 손이
밤새 부푼 기저귀를 열자
코를 뭉개는 냄새
달항아리의 멱살을 움켜잡는다

편마비로 오른쪽이 절벽인 여자를
모로 누이고
아랫도리를 닦아내는 여자나
입과 항문을 남의 손에 맡겨야 하는 여자나
달항아리 눈 밖에 그믐달

열사흘 달이 항아리를 비운 사이에
비닐장갑 벗은 손에

시급 만 이천 원 일당을 쥐고
달항아리로 들어가는 여자

이지러진 그믐달에
기신기신 살이 오른다

강가에서

떠밀려온
스티로폼 조각들로
물 낯이 어지럽다
깜냥 쥐어 짜냈다 해도
시답잖은 詩들처럼
썩지도 녹지도 않아
건져 없앨 일이 난감하다
밉살맞은 저 조각 중에는
구저분한 내 것도 끼어있어
발걸음 또 무거워지는데
찌푸린 주름살 밀어내며
오리 몇 마리 줄지어 헤엄쳐온다
차례차례
스티로폼 조각 위로 올라간 오리들
젖은 날개 젖은 발 말리고 있다
고단한 오리들이
쉬고 있는 쓰레기 조각들
모처럼
살맛 나는지
짜부라졌던 어깨가 펴지고
입꼬리 올라붙는다

요양원의 저녁

멍하니
해넘이를
바라보는 마른 갈대들
가물거리는 기억을
턱받이로 차고
냉랭한 식판에 담긴
푸짐한 무관심과
얼큰한 구박을 한술 뜨다
또 목이 멘다
젓가락 들어도
말소리 한 점
웃음소리 한 점 집을 게 없는
즐거운 식탁에 둘러앉아
능선을 타고 퇴근하는
저녁 해를
돌아보고 또 돌아보고
울먹울먹
수저를 놓는다

휴지, 너도 비단 꽃

앞이란 앞
다 닦아주고
뒤도 남몰래
닦아주다가
버려진 휴지 한 조각
바람이 슬며시 들어
마른 줄기 빈 꽃받침 위에 올려놓았다
보드랍게 구겨져서
더 따스해 보이는 저 꽃
지는 해 받아 안고
함초롬히 피어난다
내남없이
안이 밖으로 넘쳐날 때
조용히 닦아주는 일이
천성이라며
찬 바람 부는 길섶에서 서서
오는 발잔등
가는 발꿈치
닦아주고 있다

낙엽

떨쳐입었던
겉옷도 벗고
그럴듯한 이름도 벗도
살도 벗고
뼈도 벗고
흙으로 가는 길
친절한 12월이
한눈에 다 보이게
그려준 약도
연신 들여다보면서도
나는
또
길 헤매네

제2부

반 달

반달

둥근 보자기
펼쳐놓고
비누랑 치약이랑 담다가
'아야, 나 좀 봐라,
너 줄라고 샴푸랑 뭣이랑 서랍에 놔뒀는데'

싸던 보자기 반 접어
살강 위에 올려놓고
굽은 손가락 따라서
서랍 속으로
들어가신 울 엄니 영영 안 나오신다

반쪽 보퉁이
하늘 살강에 둥실
얹어 놓고
엄니는 서랍째로
연기가 되어 오래전 굴뚝을 빠져나가셨다

싸다만 보자기
명치 끝에 걸려
울 엄니
연신 뒤돌아보며 글썽글썽 오르신다

십일월

서리를 껴입고
어제가 온다
모두 다 사라진 것은 아닌 달과
시계를 주고받으며
주머니 속의 것
몽땅 꺼내 놓는다

푸른 바위
개미
나무껍질
디딤돌

안의 그늘이
밖의 그늘하고 만나는
개와 늑대의 시간
벗어놓은 신발 눈 속에 밀어 넣고
서녘으로
걸어가는 오늘

개밥바라기별
혼자
저만치 맨발로 떨고 서 있다

물들다

머리 위로
카메라 높이 쳐들고

빼근하게 물든
단풍 찍으려고
용쓰던 너를
지그시 내려다보던
등 굽은 나무가

주름 깊은
가지 하나를 꺼내
악수를 청한다
은발이 참
쉽게도 물들었다고
짠하다고

붉게 물든 너와
희게 물든 내가
맞잡은 손

그 안쪽에는
햇살 가득한
봄, 한 마리 들어 있다

묻다

후각을 난도질하는 저 냄새 풀숲 가장자리에서 피어올라 길목을 송두리째 시궁 속으로 끌고 간다. 한 무더기 풀이 떠맡은 고양이 주검에 대해 쥐도 새도 입을 꾹 다물었다. 배에서 사타구니로 옮겨가던 버러지의 만찬이 무르익자 냄새도 우글우글 길가로 쏟아져 나왔다. 불룩한 배도 위로 쳐들린 네 발도 풀 밑으로 꺼지는 데 그리 오래 걸리지 않았다. 발아되지 못한 욕망이 뱃구레를 다 빠져나올 때까지 냄새의 넝쿨은 무성히 뻗쳐 나와 무심코 다가오는 코들을 쥐어뜯을 것이다. 해서 고양이에게 먹이를 주는 약빠른 종족은 흰 국화꽃이 시들기 전에 냄새가 알을 슬기 전에 혼이 떠난 몸뚱이를 뜨거운 흙 속에 묻는다. 냄새가 풀로 싹 트는 데 있으나 마나 한 눈물 두어 종지와 함께

울다

빗줄기가
풀벌레 울음 틈새로
파고드네
풀은 한 시절이 꺾이고
벌레는 내게로 도망 오네
울음에 이내를 섞던
저녁이
고여있던 나를
저울 위로 올려놓네
눈금을 가리키던 시간의 손이
주르륵 흘러내리네
발등을 적시는
얼룩이
벌레로 살아온
몇몇 날의 무게를 지워주네

착각

벚나무가
잎을 몽땅 버렸다
다시는
초리도
흔들리지 않겠다고

탱탱한 고요를
몇 겹 껴입은
오랜 바위가
시답게 꺼내 놓은
혼잣말

누가 누굴 버렸다고
쯧쯧
잎이
나무를 떠난걸
그런걸

나목

화장 지우고
명함도 내려놓고
석삼년 이골 난
벙어리로
귀머거리로
쉬었다 가자고
한쪽 떼어낸 가슴도
아랫배를 가로지른
칼자국도 바늘자국도
아무려면 어떠냐고

뜨신 황혼에
몸 담근
대칭이 무너진 알몸들
저 몸에 다녀간
폭풍우의 흔적
어루만지고 싶어
궁싯거리는
빈 가슴에
불 지펴
식은 내 손을 데운다

한순간

흙먼지
뒤집어쓴 채
밟혀야 하는 눈덩이
우리하고는
격이 다르다고

대갓집 추녀 끝에
좌정했다고 뻐기는
저 고드름
겉만 번지르르
젠체하는 꼴 좀 봐봐

온갖 바퀴 아래
흔적도 없이
사라지는
눈석임
깔떠보면서

높은 데 빌붙어
서푼짜리 품위
깜냥 없이 발산하는
저들의 내일이
궁금하다면

조간신문
펼치면 보이지
순간에 추락
산산이 조각난 이름들
빗자루 대기도 전에
사라져 버리는

읽다

샛강에
온 하루 빠뜨려놓고
읽던 페이지 찾아 골몰하는
해오라기 한 마리
흐르는 맥락 놓칠까 봐
눈도 깜박 않는다
출렁이는 행간에 코 박고
길고도 지루한 정독 끝에
드디어 줄거리를 낚아챈 순간
펄떡거리는 문장 통째로
삼킨다

뼛속까지
든든해진 책 한 권
날개 힘껏 펼치며 날아오른다

날아다니고
흘러 다니는 책들이나 훑어보며
밥도 뭣도 안 되는 글줄

끄적거리고 있다고
얼굴 구기지 마시라
제본에 빠진
낙장도 글은 글이니까

한파

내일이나 모레쯤 온다고 기별까지 한 불청객 친절
도 하셔라
신출귀몰한 처세술에 냉혈한이라는 소문이 짜해 숭
숭 뚫린 일상에 재갈을 물려놓았다. 창밖을 오가며
거드름 피울 길손을 위해 살을 에는 칼바람이 먼
저 달려와 바닥을 쓸고 처마 끝에 고드름들 팽팽
한 현 고르며 오싹한 연주를 시작했다
얼어붙기 시작한 북한강이 쩌렁한 목소리로 객의
출발을 알리면 우리는 난로의 시린 가슴을 열어젖
히고 장작을 흔들어 깨운다. 나뭇결 속으로 뿌리를
뻗은 채 일렁이는 불꽃들의 춤사위는 엔간한 얼음
장은 단숨에 녹여내고 말리라
문밖출입을 막은 저 불청객이 얼마나 묵새길 것인
지 집집마다 의견이 분분해도 뒤란에 장작더미 넉
넉하고 난로는 뜨거울 것이므로 괘념치 않기로 한
다
흥에 겨운 불꽃이 둥그렇게 의자들 불러 모아 이
야기꽃 피고 지는 동안 봇도랑이고 웅덩이고 강아
지 오줌발이고 가차 없이 얼어붙게 만드느라 힘

빠진 객이 조만간에 넉장거리할 테니까. 시방, 난로인 너와 불꽃인 내가 한 몸이 되어 이글이글 솟고라지지 않는가!

원대리 자작나무 숲

누명 쓴 선비들
숨어 사는 원대리 샅을
더듬어 가는 길
엔간찮다

등허리 땀으로 흥건히
적신 길손에게만
발등 보이며
일어서는 마을

흰 무명 두루마기
떨쳐입은 그네들
울울창창
시공을 꿰뚫고

수배령도 모리간상배도
다 사라졌으니
돌아오라 속히 돌아오라
수차례 방이 붙어도

귀 막고 눈 닫고
원대리 푸른 속살
더 깊은 곳으로
발을 뻗는 그네들

누름돌에게

바람을 집어삼킨
비닐봉지 하나
들떠 까불다
탱자나무 꼭대기에 걸렸다네
보나 마나 가시밭길
벗어나기 힘들게야
대문간에서 머뭇거릴 때
골목을 슬쩍 빠져나갈 때
손을 써야 했지
혹
이 마음이 펄럭이다가
담을 넘으려 하면
지체 말고 굴러와
한 자락 지그시 눌러주길
경전도
피붙이도
소용없기 전에
묵직하게 말이다

비닐봉지

다 털어버렸으니
바람날 일 없을 거라는
그 말 믿었다
반나절도 못되어
네가
난다
돌개바람인 줄 뻔히 알면서
넘어간 네가
마구 난다
날 수 없는 것이 날아
허공을 휘젓는가 싶더니
삽시간에 곤두박질
땅바닥을 질질 끌고 다니다가
사라졌다

저녁의 모퉁이를 돌자
찢긴 사랑 하나
허우적허우적
발목 할퀸다

손톱자국 떠름하다

오호애재라

빈 봉지가 그랬대
쟁여놓은 거 다 덜어냈더니
온통 비웠더니
날아갈 것만 같다고
나 좀 보라고
아직도 못 버리고들 사느냐고
그 가벼운 입으로
이죽거리다가
꼴좋게 됐다지
하필이면 회오리바람을
통째로 삼켜
높이 치솟다가
다시 떨어져
바닥에 머리채를 잡힌 채
끌려다니다가
돌부리에 맞아
너덜너덜한 신세가 되었다지
씹을 것 없다고
덜컥 삼키면 안 된다는 걸
몰랐다지
그랬다지

제3부

물꽃

물꽃

느닷없이
날아온 돌멩이 하나
물결을 찢으며
내리꽂힌다

몸부림치며
튀는 물살
질끈 동여맨 아픔으로
꽃은 핀다

속살 깊이
남을 품고서
벙그는 꽃잎
피면서 피면서
뒷걸음질 친다

뒤로
뒤로
울면서
꽃 아닌 것으로 돌아간다

괭이눈꽃

어둠 저편에서
기척도 없이 다가와
먼지 가득한 이편을
응시하는 눈
저 어린 눈동자
세상모르는
연둣빛 심연으로
와락
뛰어들고 싶어라

봄맞이꽃

맨얼굴에
머금은 미소가
햇솜 같은 주인장
몸에 밴 푸근함이
곰살가운 말씨가
아늑해
빈방 있으면
며칠 묵어가고 싶네

용늪

골용진의 꽃을
다 먹어 치운 늪이
젖은 손 들어
배고픈 오리들 불러 모으더니
다 쪼그라진 가슴 열어
젖을 먹인다
가까스로
목울대를 부풀게 한
끼니가 꽁지까지 가는 동안
늪은
설마설마
좌에서 우로 몸을 뒤척이며
살얼음 지펴오는
간난의 꼬리를
쏘아보고 있다

갈잎

날개 없이
허공을 탐하다가
거미줄에 걸렸다
바둥거릴 적마다
사라지는 시간의 모래알
위도
아래도
까마득한 벼랑

찬바람은 대놓고
발톱을 꺼내는데
오매불망하던
꽃인지
별인지
꿈인지는
눈길 한번 안 주고
가던 길 그냥 간다

축제

봄볕 승강기 타고
5월에서 내리세요
통로를 따라 장미 꽃 속으로
곧장 들어와 걷다가
모퉁이를 돌면
휘파람과 허밍 사이에
발그레한 뺨이 보일 거예요.
왼뺨은 열어놓을게요.
무겁게 들고 온
나이는 내려놓고
뛰는 가슴만 가지고
들어오세요

기일

지상에
오직
한 사람 향해
내려오는 별빛과
하늘에
단지
한 별을 보며
올라가는 눈빛이
아프게
부딪히는 저쯤
그렁그렁
은하 물 괸다

눈꽃

어렵사리
곁가지 끝에 핀

가질 수 없는
찰나의 빛
순간의 꽃*

두고 간
한 점 얼룩
그마저 지우려 하니

툭 투둑
터지는 그리움의 물꼬

잠시
가지 끝이 환했던가?

---

* 순간의 꽃: 고은의 시 제목

이슬 1

누가
왔다 갔기에
아침의 이마로
가는 길목이
온통 젖어 있는가
길섶
마른 풀잎에
그렁그렁 매달린
저 묵언들
끝내
알아채지 못한
너의 입속말일지도 놀라
밤안개 틈타
설핏 다녀간 목소리
축축한 뺨을 타고
마디마디
뼛속으로 스미고 마네

이슬 2
- 카르투시오 봉쇄수도원

두 손 모아
씻고 또 씻어
뼛속 환한 고독을
발치까지 두르고
담장 밖의
어둠 끌어안고
엎딘 지 오래니
촛대로
사용하소서

눈가에
맺히는 기도와
무릎으로 지은
세상 끝의 집
침묵의 문이 열린다
가시관 쓴 말씀이
골고타 언덕*을 내려와
내 안으로
뜨겁게 걸어들어온다

---

* 골고타 언덕: 예수가 십자가형을 당한 장소

날궂이

비탈길 올라가던
허름한 남자
허공에 대고 쓰발쓰발
욕사발을 날린다
껄끄럽고 따가워
잽싸게 달아나는 귀들

갈 곳 잃은
너절한 파찰음
이리저리 몰려다니다
강파른 모서리로
하오의 치골을 들이받겠다

저 남자 혀 밑을
따라가 보면 찌푸린 자모
쓰디쓰게 엉겨있는
은신처 있겠다
그 안에
우글거리는 욕의 치어들

비탈길 끝나기 전에
저놈의 입을
시커멓게
먹어 치우겠다

구름이 오는 까닭

멀어져가는
석양의 꽁무니에다가
꽃물을
확 쏟아버리고
쌩하니 돌아서는 시월

저 선홍빛 물보라
다녀갈 때마다
뒤척이는 내 안의 와디
세파의 거친 손은
어느 마른강에다
나를
쏟아버리고 돌아섰나

더는
주워 담지 말라고
한줄금부터
다시 시작하라고
매지구름이 찰지게 몰려온다

목련꽃 지다

스치는 바람에
허둥지둥 쌀 씻어
앉히고 볕뉘 끌어다
뭉근하게 뜸도 잘 들였지요
침 삼키는 빈 가지 앞앞이
고봉밥 퍼 주고 돌아서서
무짠지 써는 동안
숟가락 내려놓는 소리 귓전을 때리네요
찬도 올리기 전에
누가 먼저 먹으라고 그랬나요
자기는 절대 아니라고
볼멘 소리하는 5월, 당신을
째지게 흘겨주고는
밥이 떠난
빈 그릇에 해종일 앉아
없는 밥알을 집어 올리네요
또 다른 봄이 오면
당신이 밥이 되어
그릇 가득 앉아있길요

행주

머금고 있던 마지막
한 방울의 물
그마저도
다 꺼내 놓으신다

속속들이 말라야
그래야 또
젖을 수 있다며
그렇게 젖어야
한세상
닦아낼 수 있다며

젖는 일 닦는 일에
손사래 치는
나를
딱하게
바라보시는 이모
참
곱게도 늙으셨다

제4부

글쎄요

애기똥풀 | 건너가는 방식 | 별 | 글쎄요 |
단풍 | 흙 | 손질 | 가을, 화살나무 | 깡통 | 나는
지하철입니다 | 꼬리의 궤적 | 풍차 왈 | 그런 나라 | 미세먼지

애기똥풀

휠체어가 떠미는 대로
밀려가는 저 노인
굳게 닫힌 철문 쳐다보며
거푸 묻는 말 하나
여가 어디여?
요양원 뒤뜰에
무덕무덕 앉아 빈방 나길
기다리던 애기똥풀들
우르르 휠체어 곁으로
몰려든다

무릎 아픈 바람 불어와
노인의 옷자락 마지못해 뒤집힌다
안자락에 꿰맨 이름 석 자
쉽게 웃으며 털어놓는 사연
'나애기
팔십팔 세
중증 치매'
휠체어 앉은 애기똥풀

폭삭 늙은 바퀴 붙잡고
어디로
어디로 가고 있다

건너가는 방식

풀잎을
팬티라 쓰고 싶을 때
진부한 문장을
갈아엎고 싶을 때
파랑에서 빨강으로
사유를 갈아치우자
수요일에서 화요일로 잠적한
텍스트를 뒤져서
모호한 목소리들 베껴보자
그저 그런 말과 뻔한 말들
맵고 시고 쓴 생각 속에 담갔다가 꺼내자
식어서 뻣뻣한 비유 나부랭이는 쏟아버리자
본문이 거꾸로 보이는
안경을 사서 끼자
쓰라 말라 간섭하는
고리타분한 이론은 무시해버리자
딱딱한 관념 따윈 지르밟아 버리고
건너가는 거다
이편의

익숙한 말들 벗어 던지고
저편의
처음 보는 언어의 치마 속으로
뛰어드는 거다

별

별을 잃은 지
까마득해
별 볼 일 없는 나날
층층 쌓여도
칠흑의 하늘 뚫고 있는
빛의 송곳 따윈
올려다볼 눈이 없었다

해마다
한 번씩 교회당 꼭대기에
걸리는
헛 별이
부풀린 빛으로
시선을 당겼지만
찌푸린 내 겨울은
끌려가지 않았다

까짓 별이야
뜨든지 말든지

아무렇지도 않다는 내게
왜
보여주었을까
독거의 시린 밥상에
노숙의 찬 숟가락에
더운 국물로 뜬 별,
당신을

글쎄요

실실 둥글리면
연꽃 속이든 두엄간이든
따라올 거라 짐작했다는구먼
굴러온 시간이 얼만데
까짓 구멍 한둘 없을까마는
싱거운 발길질에 둘레며 깊이가
폭삭 주저앉을 줄은
몰랐다면서
납작 쭈그러진 날들 억지로 삼킨 화상이
비척걸음 해 선
흠한 데로 가더라니까
글쎄
바람 빠진 공 갓길에 뉘어놓고
숨 불어 넣을 때부터 알아봤어
그 뒤통수에다가
코를 팽 풀어버리거나
재를 확 뿌렸으면 했어야!

단풍

타오르는
나무 속으로
손은
왜 덜컥 집어넣었나
차디찬 불길이
손목을 삼키더니
몸속
여기저기로 번져갈 기세다
밀어낼수록
거세지는 불길
남몰래
쟁여놓은 가슴 속
장작으로 옮겨붙기 전에
불붙어 욱신거리는
일탈의 손가락들 잡아챘다
찢어질 듯한 통증
가지마다
벌겋게 걸려 있다

흙

서리 맞은
가을을 베고 누워
잠들기 좋은 날
깊은 꿈의 씨앗을 추려
깃털을 다네
은하로 속속 올라가는
빛의 날개들

천년 후
어느 봄의 갈피에
보고
듣고
말하는 꽃이 피어
너의 이름을 부르면
뒤축 다 닳는 별 하나가
네 심장을 향해
날아오고 있음을 기억해줘

손질

'방수 전문'이라고 써 붙인
트럭이 왔다

화물칸 옆구리에는
'아픈 마음까지 감쪽같이 철거해 드립니다'
열일곱 자
차 꽁무니에는
'슬픈 눈물까지 철벽 방수해 드립니다'
열다섯 자
누가 썼을까
내 속을 빤히 쳐다보는 푸른 글자들

질척이는 슬픔 방수해주고
남은 손 좀 빌려줬으면
오래전 금 간 친구와 나 사이
감쪽같이 때워 줬으면

운전석에 내린
후박나무 한 그루
사다리를 들고
낮달 쪽으로 곧장 뛰어가고 있다

가을, 화살나무

못 참겠다고
화난다고
마구 화살을
쏘아댔으면
초로의 수중에
뭐가 남아있겠나

이래도 참고
저래도 참길 잘했지
독기 빠진 살촉마다
번지는 홍조
선들바람 타고
가을의 발끝까지
시방
번져가지 않는가

깡통

척
들어 올려질 때
째지는 기분 잠깐이었다고
뚜껑 따주고
한 방울 눈물까지
다
주고 나니
단숨에
우그러뜨려
홱
던져버렸다고

담 밑에
쭈그리고 앉아
장탄식하는 저 여자
어디서 봤더라

나는 지하철입니다

칸 칸마다 창문을 마련해 놓긴 했습니다만

앉은 사람이나 선 사람이나 차창 밖 풍경에는 별 관심이 없습니다. 손에 들고 있는 스마트한 창문으로 메타버스를 전전하느라 다들 정신없습니다. 내릴 데가 있는 사람 옆에 내릴 데가 없는 노인이 엉덩이를 부려놓습니다. 한뎃잠에 이력이 난 그는 미간 사이에 노숙을 구겨 넣고 코를 골기 시작합니다. 어둠에서 어둠으로 내달리다가 설 때마다 사람들이 바뀝니다. 왁자한 틈을 비집고 양말 나부랭이가 든 가방이 들어옵니다. 통로 가운데 버티고 선 가방이 허름한 사내를 꺼내 흔들며 포문을 엽니다. 어제와 똑같은 억양으로 쏘아대는 레퍼토리가 지겹긴 해도 변두리로만 떠돌던 사내가 통로 중앙에 설 유일한 기회라는 걸 알아 눈 감아 줍니다. 내릴 데가 있는 사람은 핸드폰에, 내릴 데가 없는 사람은 잠 속에 빠져 있어서 양말은 고스란히 다시 가방 속으로 들어갑니다. 가방이 다음 칸으로 이동하자 이번에도 뭔가를 팔려는 남자가 다

가와 사람들 무릎 위에 종이 한 장을 내려놓습니다. 눈물이 뚝뚝 떨어지는 사연을 적은 종이 한 장과 껌 한 통이 그가 내놓은 물건입니다. 손때묻은 종이와 껌이 무릎에 착 붙어서 통사정해도 열의 아홉은 눈길도 안 줍니다. 아무도 주목하지 않는 슬픔이 슬리퍼를 끌고 이 칸에서 저 칸으로 돌다가 종착역에 내리면 지하에서 지하로 내 달리던 일과는 끝이 납니다. 이제 곧 묵은 어둠은 지고 새 어둠이 뜰 겁니다.

꿈에서도 어둠에 밥을 말아 먹는
나는 지하철입니다.

꼬리의 궤적

쓸모를 잃으면 퇴화라는 칼을 뽑아 드는 몸의 제국에서
살아남기 위해 사람의 꼬리가 택한 길은
아마도 줄행랑이었지
엉치를 벗어나 내리막 오르막 엎어지고 자빠지면서
등뼈를 따라 대고 걷느라 턱밑에 닿았을 때는
흔적만 남았다지 더는 갈 데도 없으니 입가에 눌러앉아
입꼬리로 살기로 했다는데 운신의 폭은 좁아졌지만
가끔 꼬리가 귀에 걸릴 때는 세상이 돈짝만 하게
보이기도 했다는 걸
어쩌다 꼬리가 축 처지는 그런 날은
같잖은 말꼬리에 걸려 진흙탕 싸움에 휘말리기도
했다네
말꼬리는 길기도 길지만 마디마디 미늘이 달려있어
한 번 걸렸다 하면 피를 보고 만다는데
불행인지 다행인지 느닷없이 쳐들어온 마스크 군단이
숨 쉬는 것들의 입과 코를 틀어막는 사달이 벌어진 거야
이제 꼬리의 시대는 막을 내리는구나 했는데
웬걸
까톡 까톡 울어대는 신종 꼬리가 등장한 거지

최첨단 디지털 무기를 장착하고서 말이야
떼었다 붙였다 하는 능수능란한 처세술에
주객이 바뀐 거 알아?
꼬리가 몸통을 끌고 다니는 거
볼 수도 만질 수도 이 꼬리가
사람을 죽이기도 살리기도 한다니까
바야흐로 꼬리가 지배하는 세상이 열린 거야
꼬리치지 말란 말 함부로 하지 마
꼬리 잘 못 건드렸다간
악플에 신상 털기로 지구를 떠날 일이 생길지도 몰라

풍차 왈

바람의 울돌목에
버티고 서서
짱짱한 팔 휘두르며
성난 바람 부른다

거칠고 드센 놈만
날개 몰아쳐서 오너라
바람아
벽이라도 들이박고 싶은
심중
가슴 답답한 울화도
한 번에 씻어주마

용쓰던 날개깃
터럭 끝도 상하지 않게
야무진 팔로 안아
고요의 한복판으로
옮겨 놔주마

게서
부리도 발톱도 다
벗어놓고
순하디순한 눈빛만 가지고
내려가라
가서
어둠을 먹어 치우는
입술이 되어라

그런 나라

법전 필요 없는 나라
수장은
맑고 투명한
예지로
만민이 안녕토록
수평에 온 힘 쏟고

밀려오고
밀려가는
파란에 맞서
밥을 버는 민초들
살 보드랍게
떠받드는 어진 정부

뜻밖의 비바람
몰아쳐도
기함하지 않는
부레옥잠이랑 개구리밥
수련들이 사는 나라

뭍에도
그런 나라 있다면
가방 하나 챙겨 들고
당장
이민 가고 싶다

미세먼지

인제 그만 가라

알 듯 말 듯 한 속내도
긴가민가한 느낌도
싹 다 가지고 가라
숨통 죄던 산야의 잿빛도
들이덮치던 불안도
씻은 듯 가지고 떠나라
예서 등 돌리는 것이
피차 고마운 일이다

돌아보지 마라
매캐한 걸음으로 되짚어 와
강섶의 흔들의자도
노랗게 물든 섬도
건드리지 말고
꺼림텁텁한 낮밤
몽땅 가지고 가라
잘 가라

한때의 자욱함이여
손 인사는 생략한다

나는
이미 저물었으니

제5부

물끄러미

물끄러미

수시로 기차가 지나가는 굴다리 밑에
걷을 수 없는 그늘이 한 채 깔려있지요. 내다 버린 목숨을 거느려야 하는 그늘은 발등보다 낮은 밥상을 섬기고 있지요. 허리를 굽히고 무릎을 접은 이가 차려놓은 물 한 그릇 밥 한 그릇 먹어도 먹어도 줄지 말라고 수북이 담아놓고 가면 맨발로 끼니를 찾는 것들이 그늘 속으로 스며들어요.
밤이슬을 털며 굶주린 것들이 주린 배를 채우는 동안 그늘은 제 몸에 닿은 깃털이며
수염이며 발이며 꼬리를 안아주느라 오지랖이 점점 더 넓어져요. 배 불리 먹은 것들은 상 차려준 이의 따순 마음을 밥그릇 위에 다시 덮어놓고 그늘 속을 빠져나오지요.
식어도 식지 않는 밥의 비밀을 간직한 채 그늘은 점점 더 포근해져요. 남을 먹인 밥그릇을 물끄러미 쳐다보던 나도 저 오지랖으로 들어가
밥 한 그릇
물 한 그릇이 되고 싶어요.

근황

시 쓴답시고
오늘도
꾸깃꾸깃한
원고지 속으로 들어가
안 나오는 볼펜 똥만 후벼판다
손목
애리다

해넘이

가고 또 오고

나날이 부대끼며 살다가

다들 그렇게 서녘으로 떠나는 겁니다

라디오가 읊조리던 노래

마지막 소절도

바람결에

사라져버렸습니다

아릿한 상처도

자고 나면 조금씩

차바퀴 흔적처럼 희미해져 가겠습니다

카랑한 눈빛으로

타래 긴 이야기 풀어가던 당신도

파도가 떨군 메밀꽃이 되어

하릴없이 흩어질 것입니다

헛꽃

헛헛할 줄 알면서도
가짜를 보러 갑니다
분단장 곱게 한 짝퉁을
문간에 내놓은
그놈의 뿌리는 대체로
음합니다
씨방을 포기하는 조건으로
방 한 간을 얻었다 들었습니다
휘감기는 치마꼬리로
날개 단 것들 징하게 호객하는 일만
진짜였답니다
침 바른 입술은 밑밥으로 던져놓고
한 발은 카론의 뱃전에
걸쳐 놓은 채
혹하게 웃어야만 하는 여자
가짜가 거들먹거리는 세상에
저 스스로
헛것이라고 헛꽃 맞다고
얼굴 붉히다가

고개 떨구는 저이를
가슴 벗어 감싸 줄 사람
누구입니까?

만추

복판을 잃어버린
액자를 안고
늦가을의 무늬를 찾아 나섰다

마디마디 눈부신 독백
가슴 저미는
자작나무 숲을 걷고 걸어
눈빛 닳도록 헤매다가
드디어 만난 무늬

오래된
은행나무 아래 버려져 있다
세상을
아낌없이 받아주다
쓰러진 의자 하나
떨어진 갈잎 두엇 쓸쓸히
조문하고 있다

액자의 가슴에
너무 늦게 들어온 의자
풍경 너머로 사라진다
나도
액자를 버린다
텅 빈 무늬
완성이다

매미

층층나무 밑을 지나다가
울음 벼락을 맞았다
머리끝에서 발끝까지 얼얼하다
발치에 구르던
흠뻑 마른 개똥도 그 소리에 놀라
훌쩍이고 있다
쏟아지는 울음의 출처를 올려다보니
잎사귀들만
시퍼렇게 손을 내젓는다
뙤약볕을 냅다 흔드는 저 소리의 복판에
절절 끓고 있던 넋두리들
다 빠져나올 때까지
귀가 따갑겠다
세상에!
남이야 뭐라하든 말든
임자 없는 설움에
펑펑 울어쌓는
염천 댁을 무슨 수로 말리나
흘깃흘깃 돌아보다가

보다가
그만
두 귀를 놓고 와 버렸다

해바라기

오지다
후들거리는 팔로
들어 올린
저 금메달
단풍 짙은 돋보기 꺼내
들여다보니
수상의 이력 짠하다
이 악물고 버텨낸
바람의 어퍼컷
장대비의 각목 세례
폭양의 몰매에서
다 죽었다 살아나길 수십 번
아픔을 겹겹 동여맨
저 금메달
지그시 깨물어보니
잇자국도 또렷한
99% 피눈물

열다

어쩌다
나를 열면
추레한 꽃병이 걸어 나오지
마거릿을 꽂던 손가락은 다 어디로 갔나
울컥 솟던 미움은
삼켜버리고
타시락거리다 가버린 꽃들
찾아올 거야
파투 난 김에 돌아선 향기도
모셔올 거야
금 쩍쩍 가는 꽃병이 정신줄 놓기 전에
꽃들이
시간을 다 먹어 치우기 전에

늦가을 연밭

여름내
힘들다고
징징거리는 내 안의 철부지들

일일이 붙잡고
눈물 콧물 닦아주다
너덜너덜해진 손수건

주머니 속에 꼬깃꼬깃
처박아놓고 잊었는데
11월 연못이
언제 다 꺼내 갔나

찢어진 채로
구겨진 채로
하다못해 바람의 뒤꿈치라도
닦아주고 싶어
저리
진지하게 나부끼는

우편함

한때는
붐비는 손님들로
즐거운 비명 잦았으나
팡파르 울리며
혜성처럼 나타난
카톡인지 영상통화인지로
고객들 다 빼앗기고
간간이 찾아드는 건
고지서나 광고지들뿐
그것들도 없어
텅 빈 때는
다리 아픈 눈발이나
길 잘못 든 바람이나
쉬었다 가는데
에라
무기한 휴업 써 붙이고
겨울잠이나 자야 할까 보다

못

한 장 남은 달력이
툭
떨어지는 소리
놀라 돌아보니
12월 31일입니다
허구한 날
이이도 사랑 못 했습니다
그이도 용서 못 했습니다
저이도 배려 못 했습니다
단단히 박혀있는
못 세 개
빼버리고 싶습니다
늑골 밑에서 급히 꺼낸
노루발장도리 들고
못대가리와 엎치락뒤치락
진땀으로 멱을 감았지만
못이란 놈은 요지부동입니다
장도리도 나도 지쳐
떨어졌습니다

못과 함께 1월의 문턱을 넘습니다만
장도리를 손에 쥐었으니
언제고 뽑아 던질 것입니다
365일 뒤
12월 31일에는
이렇게 말할 수 있을는지요
모두 사랑했습니다
모두 용서했습니다
모두 배려했습니다

물밑

연못가 노닐다
봄빛에
머리를 세게 부딪친 걸까요.

라일락꽃 내음 철철 넘치게 안고 온 바람이 하필 이면 내 앞에서 넘어져 향기란 향기 다 엎질러 버린 게 화근이었어요. 바람도 나도 털썩 주저앉은 도린곁에서 흩어진 꽃향기 마냥 줍다 반질반질한 몽돌 하나와 눈이 맞았어요. 손안에 쏙 들어와 만지작거리니 가슴 뛰는 몽돌, 내 손바닥도 발그레 꽃물 드는 하오였어요. 이대로 시간이 멈추었으면 하는 순간에 느닷없이 세상을 뒤엎을 듯 우레가 울고 장대비 쏟아지네요.
아, 몽돌은 어쩌자고 손에 쥐고서 이러지도 저러지도 못하고 있는지요. 허겁지겁 일어나 흙 묻은 손 번쩍 들어 연못을 향해 힘껏 던졌어요. 놀란 물오리들 푸드덕 날아오르고 몽돌은 물밑으로 까마득 사라져 버렸어요. 물의 중심을 뚫고 가버린 몽돌, 가면서 남긴 둥근 파문이 느리게 팔을 휘저으며

물가로 밀려와 내 옷자락을 잡네요. 마지못해 돌아서지만 그래요 훗날 파문의 흔적을 열고 아직 오지 않은 시간의 층계를 오래오래 걸어가 볼 거예요. 푸른 이끼 겹겹이 입은 몽돌 하나가 착하게 눈뜬 치어들을 기르고 있는 곳까지지요.

보내놓고
붙잡고 있는 마음이
치어를 낳는다는 것
아무도 모르는
물밑의 일이지요.

겨울 폭포

쉼 없이 쏟아내던
지당한 말씀
입속에 감추옵고
오늘은
빙벽으로 근엄히
서 계시니

늘 다녀가는
바람이랑 햇살마저
먼발치로
뒷걸음치게 만드십니다

창이든 칼이든
짱돌이든
다 받아주시던 무른 품
어디에
그리 단호히
꽝꽝 언 고집을
두셨습니까

바닥으로
바닥으로
더 깊은 바닥으로
떠미는 절벽의 멱살 잡아채며

쩌렁쩌렁한 침묵으로
밀 테면 밀어보라고
흐름에 또 흐름을 얹어
견고한 탑을
쌓으셨습니다

어찌 何

여섯 살 주원이
손잡고
미스킴라일락 속으로
사뿐
뛰어들었는데
환호하며
널뛰는 향기가
네 활개를 낚아채
헹가래를 치는데
우듬지가 핑그르르 도는데
주렴을 흔들며
실핏줄 속으로 꽃가마 들어오는데
어쩌랴
이 좋은 것을
여섯 살 어린 봄에게
떠 줄
국자가 없어라
오긋하게
퍼담을
어휘가 없어라

제6부

수국이 수굿이

수국이 수긋이

강한 팔이 필요한 때
꽃이라니요
믿었던 팔이 있어야 할 자리에
벙근 수국을 얼결에 붙잡았습니다
기세등등한 폭양이
불 칼을 휘두르는 동안
수국의 무심에
앉아 쉬기로 했습니다
그 많은 입을 가지고도 떠들지 않는
고요를 받아적으면서요
칠월에서 팔월로 넘어가는
침묵의 페이지가 먹먹합니다
내 안에서 요동치던
신음도
절규도
수긋해지는 중입니다
입 다물고 피는 일
입 다물고 지는 일
수국이
수긋이
가르쳐줍니다

얼룩

전봇대
아스라한 꼭두에서
밤새
운다

영문도 모른 채
찢긴 날갯죽지에서
떨어진 깃털 몇 낱
망망 허공 저편으로 멀어지는가

그 누구의 것이
그 누구를 놓는 순간

바람이
밀려온다

중천에
엎질러지는
검은 새

정작

흐리다
별도 숲도 개울도
다
광장도
골목도
마당도
세상이 온통 흐리다
삐딱한 시선 벗고
다시 보니
아니다
내 눈이
내 속이 흐리다
정작 흐린 것은 나란 걸
알았다
된통 알았다

아이러니

코다지 나물
꽃
보려고
쪼그려 앉아 불 켜던 눈으로
루이비똥 든 손
슬몃슬몃 쳐다본 거

무반주로
숲을 휘어잡는
휘파람새 노래 필사하려고
곤두세우던 귀를
뒷담화 열 내는 입 쪽으로
흠씬 기울인 거

고해소 문 열고
들어가는 나와
저잣거리의 나

겉 다른 속의 웃픈 변주

지피다

빈 박스들
끄적거리다 구겨버린 종이들
휴지에 싸둔 손톱 발톱들
이글거리는
화덕 속으로 넣자마자
뜨거운 혀를 내뿜으며 짖어댄다
일없어 보이던 껍데기
저것들도 화를 쟁이며 살아왔구나
알맹이들은 모르는
알려고도 않는 울화가
어둠을 찌르며
솟구치다가 불길 속으로 사라지면
내 속의 허섭스레기들
울컥울컥 나를 토해내고
차가워진 재의 심장 다시 뛰기 시작한다

어미

눈물
콧물
똥
오줌
묻지도 따지지도 않고
닦아주고
닦아주면서
얇어지고
얇어지다가
사라지고 마는
두루마리 휴지 하나

겨울 강 1

몇 차례 혹한이 찾아와
맵차고 얼얼한 족쇄를 채우면
흐르던 방향 따윈 잊어야 할 거야
바람의 기분에 따라 흔들리던
심중에도 철심이 박히고

최후의 보루 눈꼽재기창에도
얼음 각목이 박힐 거야
그렇다고 걱정하지 마
겨울을 겨울답게 해 줄
방편 중 하나일 테니까

사람에게도
겨울 강은 찾아오지
어깨가 축 처지고 입안이 깔깔해지면
바야흐로 빙점에 발을 들여놓은 거야
그렇다고 주저앉지 마

얼음 속에도 길이 있다는 걸
알아채면 좋겠어
사람을 사람답게 해 줄
담금질의 하나일 테니까

겨울 강 2

무슨 충격에
다시는
내다볼 일 없다는 듯이
문마다
얼음벽을 쳐버렸는지
눈에 넣어도 아프지 않은
해오라기의 날갯짓
가마우지의 자맥질
그립지도 않은지
산그리메와 한 약속
벌써 다 잊었는지
별빛도
달빛도 이제는 모다
별 볼 일 없다는 것인지
간간이 들러
빛바랜 이야기를
물결에 풀어 놓던
눈빛이 윤슬 같은
사람은 어쩌라는 것인지

눈사람

뭉치기 전에는
바람에 흩어지는
낱낱의 눈발

손의 수고로
스며드는
둥근 말 둥근 눈빛
오래오래 궁굴리면

하늘 아래
마음의 속살마저
흠 없는 사람 하나 생겨나
둥근 웃음
둥근 목소리로
냉가슴들 덥혀주지

이사 1

- 발병

누가 몰래
내게 이사를 왔나보다
무릎에서 엉치뼈까지
짐 내려놓은 자리마다
저리고 쑤신다
주인도 모르게 세든 까닭
물어도 대답 않겠지만
조용히 살다 갔으면
벽에 마음대로 못 박아도 좋으니
딱 달포만 살다가
올 때처럼
말없이
꽃 지듯 가만가만 먼 데로
이사 나갔으면

이사 2
- 그래도 통신

이사 잘했다고
남모르는 섬 그래도로

말끝을 파도에 적시는지 전화기 너머로 찝찔한 바람 불어온다. 다 떠난 줄 그런 줄 알았는데 그래도까지 따라온 공황장애 덕분에 심심치 않노라고 덜컹대면서도
시동 꺼뜨리지 않고 예까지 데려다준 몸에게 인제 그만 자유를 주고 싶다고 앞을 가리는 슬픔을 손등으로 찍어내는 내 친구 선이, 그래도의 옆구리에 허술한 방 한 칸 얻었다면서 마당 가에 심은 눈썹 싹 나면 한번 만나자 한다. 애들 제 금 나면 지는 해 함께 바라보자던 왠수는 늦바람나 짐 싸 갖고 양주인가 파주인가로 가버렸다고
그래도
그래도에
아침이 오면 밥이 목구멍으로 넘어간다고
걱정 말라고

이사 3
- 쓴 뿌리

산자락으로
옮겨오기 얼마 전부터
안 입는 것
안 쓰는 것
안 보는 것
죄다 버렸다
버려진 것들은 지난 세월로 이사를 하고
정작 버려야 할 것들
구메구메 싸 들고 온 나는
가만가만 짐을 푼다
뒷말 솔깃해하는 귀와
기름진 것 탐하는 뱃구레를
이삿짐 속에 끼워 온걸
노모가 알아채고는
한 소리 던진다
이 주머니 저 주머니
숨겨놓는다고 타박하던
내 과자 내 사탕은 들켜도 달다며
九旬의 콧소리 지붕을 넘는다

창밖에서 기웃거리던
생강나무들
사레들었는지 캑캑
뒤란이 온통 쌉싸름하다

낮달

걷다 보니
목젖 감동이라고
써 붙인 호떡집 앞이에요.
나긋나긋 꿀을 흘리는 호떡이
겨울의 입술을 핥고
혀를 녹이며 목젖까지 밀고 내려온다네요
끓는 기름에 손을 지져서라도
헛헛한 여자를 감동시키고 싶다면
호떡의 달착지근을 사는 수밖에요
지폐 몇 장 꺼내 손을 뻗었는데요
호떡이 방금 다 떨어졌다 하네요
내 차례까지 못 온 게 호떡만이 아니란 걸
깜빡 잊었네요
가진 게 추위와 허기와 씁쓸한 목젖뿐이라도
여자를 사려는 어리석은 짓은
하지 말아야 했어요
한껏 벌어졌던 목젖을
닫아걸기 싫은데
저기 저 빈 가지 너머

목젖을 삼킨 호떡이
구름 사이로
들어갑니다

꼬리에 대하여

고릿적에 사라진 꼬리
사이버 공간에 출현
복제를 거듭하다
어중이떠중이 손아귀에
휘청휘청 놀아난다
액정 화면 누비며
댓글 행간에 그럴듯한
설움 한 삼태기
환희 두 다발
울화 한 함지
경멸 두 두름
은근살짝 지어낸다
투명한 꼬리가 공연하는 변검에
즈이들도 속아 넘어가며
퇴화한 꼬리뼈를 슬쩍슬쩍 돌아본다

물끄러미 - 김명옥 제3시집

초판 1쇄 찍은 날 | 2022년 10월 06일
초판 1쇄 펴낸 날 | 2022년 10월 13일

지은이 | 김 명 옥
펴낸이 | 최 봉 석
디자인 | 정 일 기

펴낸곳 | 세인출판
출판 등록 | 제307-2016-23호
주　소 | 서울특별시 성북구 삼선교로 10길 4(삼선동1가)
이메일 | sein7797@daum.net

값 10,000원

ISBN 979-11-958245-5-7 03810

※ 이 책은 한국예술인복지재단 창작지원금으로 출판하였습니다.